很ㄏㄣ久ㄐㄧㄡ很ㄏㄣ久ㄐㄧㄡ以ㄧ前ㄑㄧㄢ，人ㄖㄣ們ㄇㄣ總ㄗㄨㄥ是ㄕ忘ㄨㄤ記ㄐㄧ自ㄗ己ㄐㄧ出ㄔㄨ生ㄕㄥ在ㄗㄞ哪ㄋㄚ一ㄧ年ㄋㄧㄢ，也ㄧㄝ算ㄙㄨㄢ不ㄅㄨ清ㄑㄧㄥ自ㄗ己ㄐㄧ究ㄐㄧㄡ竟ㄐㄧㄥ幾ㄐㄧ歲ㄙㄨㄟ。

玉皇大帝想了一個辦法：記年份太難，記動物的名字就簡單多了。找出十二種動物來代表年份，不就行了嗎。

玉皇大帝通知土地公，叫他去發佈選拔十二生肖的消息。

閻羅王
城隍爺
門神
土地公
七爺
保生帝
月下老人

十二生肖

本書改編自中國民間故事

賴馬 作品

的 故事

十ㄕㄧ二ㄦ生ㄕㄥ肖ㄒㄧㄠ渡ㄉㄨ河ㄏㄜ比ㄅㄧ賽ㄙㄞ

歡ㄏㄨㄢ迎ㄧㄥ動ㄉㄨㄥ物ㄨ們ㄇㄣ來ㄌㄞ參ㄘㄢ加ㄐㄧㄚ渡ㄉㄨ河ㄏㄜ比ㄅㄧ賽ㄙㄞ，前ㄑㄧㄢ十ㄕ二ㄦ名ㄇㄧㄥ到ㄉㄠ達ㄉㄚ終ㄓㄨㄥ點ㄉㄧㄢ的ㄉㄜ動ㄉㄨㄥ物ㄨ，可ㄎㄜ以ㄧ成ㄔㄥ為ㄨㄟ十ㄕ二ㄦ生ㄕㄥ肖ㄒㄧㄠ。

和英文化

消息公佈以後，所有的動物都很興奮，大家鬧哄哄的討論渡河比賽的事。

當時，老鼠和貓是很好的朋友，他們聚在一起討論。老鼠說：「我們不會游泳，要怎麼渡河呢？」

貓說：「可以跟牛合作，我們幫他指路，他載我們渡河。」

貓ㄇㄠ和ㄏㄜ老ㄌㄠ鼠ㄕㄨ去ㄑㄩ找ㄓㄠ牛ㄋㄧㄡ，
牛ㄋㄧㄡ立ㄌㄧ刻ㄎㄜ答ㄉㄚ應ㄧㄥ了ㄌㄜ。

到了比賽當天。一大清早，公雞都還沒睡醒，牛、貓和老鼠已經來到河邊。

牛ㄋㄧㄡˊ蹲ㄉㄨㄣ下ㄒㄧㄚˋ來ㄌㄞˊ，讓ㄖㄤˋ貓ㄇㄠ和ㄏㄢˊ老ㄌㄠˇ鼠ㄕㄨˇ
爬ㄆㄚˊ上ㄕㄤˋ他ㄊㄚ的ㄉㄜ˙背ㄅㄟˋ，然ㄖㄢˊ後ㄏㄡˋ開ㄎㄞ始ㄕˇ渡ㄉㄨˋ
河ㄏㄜˊ。貓ㄇㄠ平ㄆㄧㄥˊ常ㄔㄤˊ就ㄐㄧㄡˋ愛ㄞˋ打ㄉㄚˇ瞌ㄎㄜ睡ㄕㄨㄟˋ，
今ㄐㄧㄣ天ㄊㄧㄢ又ㄧㄡˋ太ㄊㄞˋ早ㄗㄠˇ起ㄑㄧˇ來ㄌㄞˊ，很ㄏㄣˇ快ㄎㄨㄞˋ就ㄐㄧㄡˋ
趴ㄆㄚ在ㄗㄞˋ牛ㄋㄧㄡˊ背ㄅㄟˋ上ㄕㄤˋ睡ㄕㄨㄟˋ著ㄓㄠˊ了ㄌㄜ˙。

老鼠很想得第一名，就在牛快要抵達河岸的時候，他突然把貓推下水，然後鑽進牛耳朵裡。

牛並不知道發生了什麼事，只聽到老鼠在他耳朵裡喊著：「牛大哥，加油！我們快到了。」

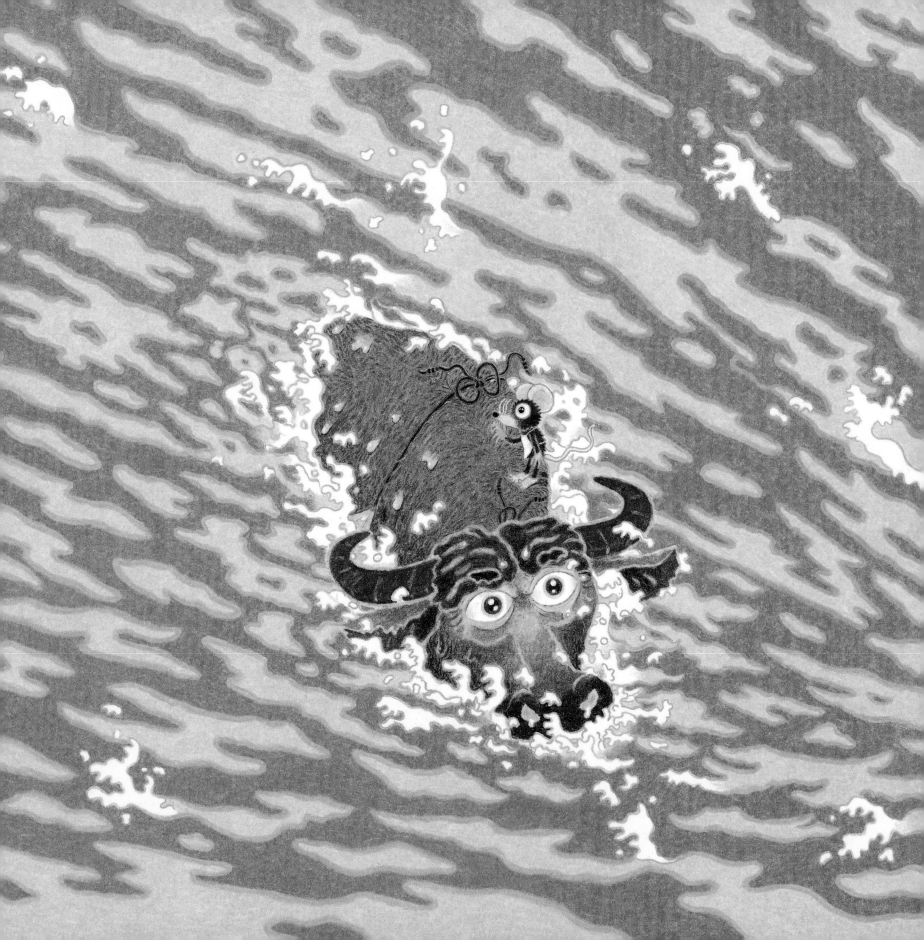

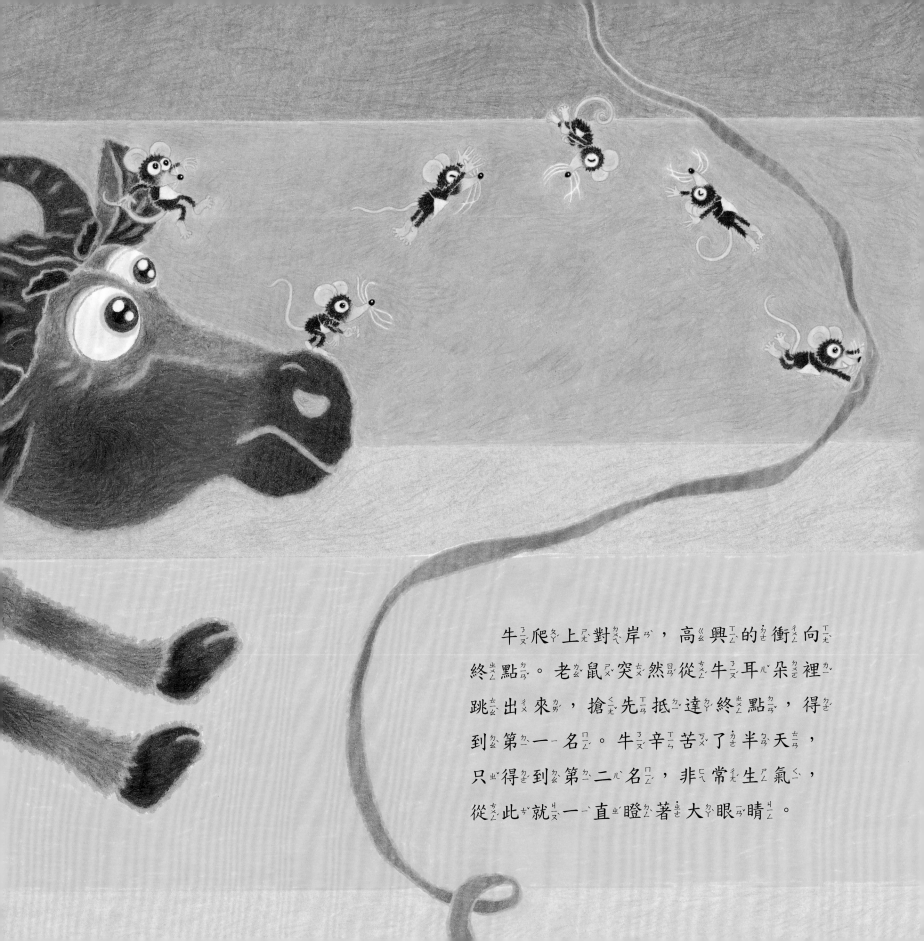

牛爬上對岸，高興的衝向終點。老鼠突然從牛耳朵裡跳出來，搶先抵達終點，得到第一名。牛辛苦了半天，只得到第二名，非常生氣，從此就一直瞪著大眼睛。

過了一會兒，全身濕淋淋的老虎來了，他很有自信的吼著：「我第一名吧！」玉皇大帝說：「不！你得第三名。」

突然間，天空捲起一陣狂風，龍從天而降，眼看就要抵達終點，兔子衝過來，搶先得到第四名。兔子不會游泳，一路跳呀跳，踩著別人的背渡河。

玉皇大帝問龍：「你用飛的，怎麼這麼晚才到呢？」原來，龍去遙遠的南海主持下雨典禮，趕回來，已經來不及了。

馬蹄聲傳來，塵土飛滿天。馬跑在最前面，正要衝向終點，蛇突然從草叢裡鑽出來，搶先得到第六名。

蛇本來有腳，這次跑得
太賣力，把腳都跑斷了。
馬本來很勇敢，這次被蛇
嚇到，從此變得很膽小。

羊、猴和雞在河邊撿到一根木頭，大家通力合作，得到八、九、十名。

羊坐在前面指路，因為看得太用力，變成一個大近視。猴子在木頭上坐太久，屁股又紅又腫。雞本來有四隻腳，上岸的時候給壓斷了兩隻，所以現在只剩兩隻腳。

狗來了。他很貪玩，渡河的時候，居然泡在河裡玩水，耽誤了時間。

十二生肖只剩下一個名額，大家伸長脖子望著前方。

豬來了，他滿頭大汗，喘著氣說：「餓死我了，這裡有沒有好吃的東西。」

比ㄅㄧˇ賽ㄙㄞˋ結ㄐㄧㄝˊ束ㄕㄨˋ，玉ㄩˋ皇ㄏㄨㄤˊ大ㄉㄚˋ帝ㄉㄧˋ宣ㄒㄩㄢ佈ㄅㄨˋ
十ㄕˊ二ㄦˋ生ㄕㄥ肖ㄒㄧㄠˋ的ㄉㄜ˙名ㄇㄧㄥˊ次ㄘˋ。

這時，濕淋淋的貓來了，他問：「我第幾名？」玉皇大帝說：「第十三名。」

貓ㄇㄠ非ㄈㄟ常ㄔㄤ生ㄕㄥ氣ㄑㄧ，每ㄇㄟ根ㄍㄣ鬍ㄏㄨ鬚ㄒㄩ都ㄉㄡ
翹ㄑㄧㄠ起ㄑㄧ來ㄌㄞ，他ㄊㄚ說ㄕㄨㄛ：「可ㄎㄜ惡ㄨ的ㄉㄜ老ㄌㄠ鼠ㄕㄨ
！我ㄨㄛ絕ㄐㄩㄝ不ㄅㄨ饒ㄖㄠ你ㄋㄧ！」說ㄕㄨㄛ完ㄨㄢ，揮ㄏㄨㄟ爪ㄓㄠ
向ㄒㄧㄤ老ㄌㄠ鼠ㄕㄨ撲ㄆㄨ過ㄍㄨㄛ去ㄑㄩ。老ㄌㄠ鼠ㄕㄨ嚇ㄒㄧㄚ得ㄉㄜ吱ㄗ
吱ㄗ叫ㄐㄧㄠ，往ㄨㄤ玉ㄩ皇ㄏㄨㄤ大ㄉㄚ帝ㄉㄧ的ㄉㄜ椅ㄧ子ㄗ下ㄒㄧㄚ
鑽ㄗㄨㄢ，還ㄏㄞ是ㄕ被ㄅㄟ貓ㄇㄠ打ㄉㄚ了ㄌㄜ一ㄧ巴ㄅㄚ掌ㄓㄤ，
牙ㄧㄚ齒ㄔ都ㄉㄡ被ㄅㄟ打ㄉㄚ掉ㄉㄧㄠ了ㄌㄜ。

　　老鼠雖然得到第一名，從此每天提心吊膽，怕貓找他報仇；直到今天，老鼠看到貓影子，就沒命的跑，連大白天也躲在洞裡不敢出來。

我們的故事系列

〔中國民間故事〕

十二生肖的故事

賴馬 作品

總編輯◎周逸芬
特約編輯◎程如雯
美術編輯◎賴馬

發行人◎周逸芬
出版者◎和英文化事業有限公司
地址◎新竹市金山街87號
電話◎(03)563-6699
傳真◎(03)563-6099
郵撥◎50135258 (戶名:和英文化事業有限公司)
www.heryin.com　heryin@heryin.com
賴馬的部落格：www.wretch.cc/blog/laima

定價◎280元
初版一刷2004年4月
初版十刷2010年7月

和英文化

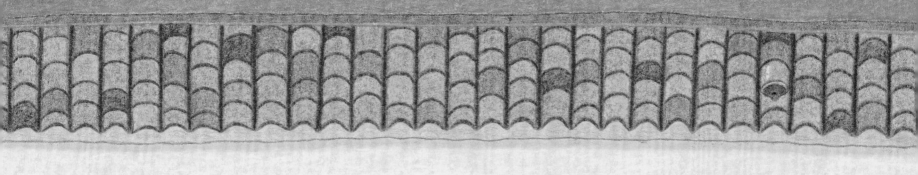

公告

●十二生肖渡河大賽結果●

恭喜十二種動物，
當選十二生肖。

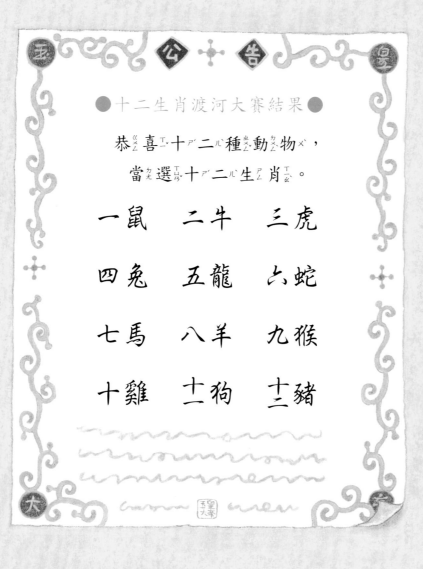

一鼠　　二牛　　三虎

四兔　　五龍　　六蛇

七馬　　八羊　　九猴

十雞　　十一狗　　十二豬

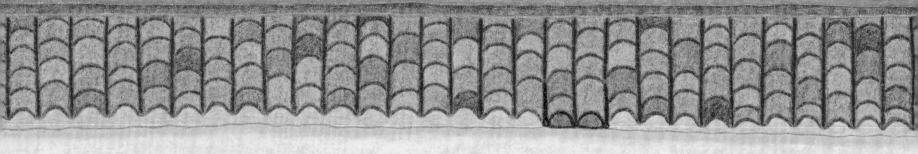

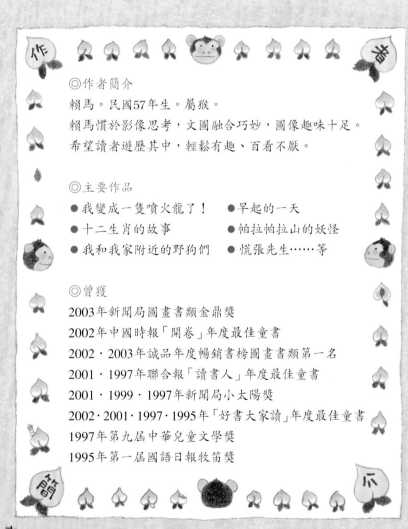

◎作者簡介

賴馬。民國57年生。屬猴。

賴馬慣於影像思考，文圖融合巧妙，圖像趣味十足。

希望讀者遊歷其中，輕鬆有趣、百看不厭。

◎主要作品

● 我變成一隻噴火龍了！　　● 早起的一天

● 十二生肖的故事　　　　　● 帕拉帕拉山的妖怪

● 我和我家附近的野狗們　　● 慌張先生……等

◎曾獲

2003年新聞局圖畫書類金鼎獎

2002年中國時報「開卷」年度最佳童書

2002・2003年誠品年度暢銷書榜圖畫書類第一名

2001・1997年聯合報「讀書人」年度最佳童書

2001・1999・1997年新聞局小太陽獎

2002・2001・1997・1995年「好書大家讀」年度最佳童書

1997年第九屆中華兒童文學獎

1995年第一屆國語日報牧笛獎

你知道你是
民國幾年出生？
幾歲？

屬什麼
生肖嗎？

	民國	（西元）
一鼠	37年出生	(1948)
	49年出生	(1960)
	61年出生	(1972)
	73年出生	(1984)
	85年出生	(1996)
	97年出生	(2008)

	民國	（西元）
二牛	38年出生	(1949)
	50年出生	(1961)
	62年出生	(1973)
	74年出生	(1985)
	86年出生	(1997)
	98年出生	(2009)

	民國	（西元）
十二豬	48年出生	(1959)
	60年出生	(1971)
	72年出生	(1983)
	84年出生	(1995)
	96年出生	(2007)
	108年出生	(2019)

我是87年出生，
你猜我
屬什麼？

我屬猴
，那我
那一年出
生呢？

	民國	（西元）
十一狗	47年出生	(1958)
	59年出生	(1970)
	71年出生	(1982)
	83年出生	(1994)
	95年出生	(2006)
	107年出生	(2018)

	民國	（西元）
十雞	46年出生	(1957)
	58年出生	(1969)
	70年出生	(1981)
	82年出生	(1993)
	94年出生	(2005)
	106年出生	(2017)

	民國	（西元）
九猴	45年出生	(1956)
	57年出生	(1968)
	69年出生	(1980)
	81年出生	(1992)
	93年出生	(2004)
	105年出生	(2016)